놀면 저절로 써지는 시

학교야 놀자

놀면 저절로 써지는 시

학교야 놀자

펴낸날 2025년 1월 22일

글·그림 대구월성초등학교 어린이들
엮은이 이인희
펴낸이 주계수 | **편집책임** 이슬기 | **꾸민이** 최송아

펴낸곳 고래책빵 | **출판등록** 제 2018-000141 호
주소 서울특별시 마포구 양화로 156 LG팰리스빌딩 917호
전화 02-6925-0370 | **팩스** 02-6925-0380
홈페이지 www.bobbook.co.kr | **이메일** bobbook@hanmail.net

© 대구월성초등학교 어린이들, 2025.
ISBN 979-11-7272-041-4 (73810)

고래책빵 어린이 시 11

2025
대구광역시교육청
책쓰기 프로젝트

놀면 저절로 써지는 시

학교야 놀자

글 · 그림 대구월성초등학교 어린이들 / 엮음 이인희

불운의 날

3학년 이필립

오늘 중간 놀이 시간에
놀려고 막 했을 때
선생님이 불렀다.

홈 메우기를 했다.
중간 놀이가 없어지듯
인생의 시간이 없어졌다.

예전 근무한 학교에 하루 30분 중간 놀이 시간이 있었습니다. 그런데 이날 치과의사 선생님이 학교에 방문하셔서 전교생에게 돌아가며 불소 치료를 하였습니다. 하루에 끝나야 하기에 공부 시간, 쉬는 시간 구분 없이 저학년부터 한 명씩 진료가 시작되었습니다.

중간 놀이 시간을 알리는 종소리가 나는 순간 불소 치료 대상자가 된 필립이 그날 경험과 느낌을 시로 썼습니다. 아이들이 노는 것을 어떻게 생각하는지 잘 표현하였습니다.

필립이에게 중간 놀이 시간은 인생의 시간입니다. 다른 아이들도 모두 같은 마음일 것입니다. 시에서 실망하며 치료받으러 가는 아이의 뒷모습이 보입니다.

이 시를 보며 아이들에게 놀이를 돌려주어야 한다는 생각을 더 하게 됩니다. 아이가 자유롭게 놀도록 학교는 시간, 공간, 친구를 만들어 주어야 합니다. 놀았던 경험을 아이들이 말로 표현하고 솔직하게 쓰면 재미와 감동 있는 시가 만들어집니다.

놀기 위해 태어난 아이들과 저는 시 수업을 합니다. 아이들이 이 시간을 기다리는 가장 큰 이유는 운동장에서 놀기 때문입니다. 초등 시 수업의 핵심은 아이들과 잘 노는 것입니다. 아이들이 놀면서 시를 쓸 경험을 충분하게 해야 좋은 시가 나옵니다.

시 수업은 아이에게 놀이를 돌려주는 활동입니다. 놀기 위해 태어난 아이들이, 놀이를 잃어버리면 얼마나 답답할까요? 시 수업을 통해 아이들에게 놀이를 돌려주고, 놀이 경험을 시로 만들어 표현하는 것은 무척 설레는 일입니다.

놀이라는 판을 깔아주고, 시를 어떻게 쓰는 것인지 알려주면 아이들 빛깔이 담긴 시들이 비 오듯 쏟아집니다. 신나게 놀고 와, 볼이 상기된 채 쓴 아이들 시에 감동합니다. 그럴 때 교사로 아이들 옆에 있는 것이 더 기뻐집니다.

아이는 놀기 위해 태어났습니다.

아이는 새로움을 추구하고, 때로 위험을 즐깁니다.

아이는 실수하면서 배우고, 시를 쓰며 성장합니다.

저는 아이와 노는 것이 좋습니다. 아이와 놀고 대화하다 보면, 아이 마음에 있는 보물이 보입니다. 그 보물을 꺼내어 시로 완성하는 것이 좋습니다. 가을 낙엽도 고운 바람을 만나면 꽃이 됩니다. 아이가 놀이로 경험하고, 자기 이야기를 솔직하게 쓰면 예쁜 시가 됩니다.

마음 깊은 곳에 숨어있다가 모습을 드러내는 보석 같은 시를 만듭니다. 아이들의 마음이 담긴 시는 우리가 잃어버렸던 동심을 찾고, 힘든 일을 만날 때 이겨낼 힘을 만들어 줄 것입니다.

아이들의 시를 보며 저는 감탄하고, 힘을 많이 얻었습니다. 저의 여는 시가 흔들리는 아이들을 교육하는데 애쓰는 선생님과 학부모에게 작은 도움이 되면 좋겠습니다.

태어난 이유

이인희

타다다닥
바람맞으며 놀면
아이들은 시인이 된다.

아이는 놀면서
신나게 배운다.
아이는 놀기 위해 태어났다.

놀며 공부하자.
내가 태어난 이유는
아이들과 놀기 위해서다.

대구월성초등학교에서 **수석교사 이인희**

차 례

여는 말 · **4**

1부 운동장과 놀이터에서 놀자

3부 식물은 변신쟁이

4부 신기한 곤충의 세계

학교에서 희망 찾기

6부

1부

운동장과
놀이터에서 놀자

목말라요

1학년 이하연

목말라요.
더 목말라요.
더 목마르면 물을 찾아요.

비가 와요.
비가 오면
운동장은 목이 안 말라요.

빗물을
운동장이 마시니까요.

운동장

1학년 최서우

운동장은 시원하겠다.
비가 오니까.
나도 비 맞고 싶어.

운동장은 개운하겠다.
하지만 비를 맞으면
탈모가 생긴다.

맞고 싶지만,
맞으면 안 되는 비.
마음이 이랬다저랬다
바뀐다.

캬! 시원해

17

불쌍한 미끄럼틀

3학년 김민건

운동장에 잠시 있어도 더운데
미끄럼틀은 하루 종일 더울 것 같다.

그런데 사람들은 그것도 모르고
미끄럼틀을 타고 뜨겁다고 한다.

만약에 자신이 미끄럼틀이 되면
미끄럼틀이 얼마나
고마운지 알 것 같다.

미끄럼틀이 사람이면
친하게 지낼 것이다.

물웅덩이

3학년 고유림

시를 다 쓰고 놀고 있는데
물웅덩이를 봤다.
내가 한번 발로 '빵' 차 봤다.
친구들이 이것을
'현대 미술'이라고 했다.

내가 봐도 잘했다.
이번에는 친구들이 나에게
물웅덩이로 '빵' 발길질
나는 차갑다고 소리 지른다.

앗 뜨거! 미끄럼틀

3학년 백예림

해님이 쨍쨍
여름 같은 봄에
미끄럼틀 타고 쓩~

앗! 뜨거!
내 엉덩이가 타는 것 같다.
타고 난 뒤
미끄럼틀의 이름을 정해줬다.

앗 뜨거! 미끄럼틀.

키가 큰 농구 골대

3학년 조가현

친구가 공을 던지면
농구 골대는 자기 얼굴에 맞으니
얼마나 아플까?

술래잡기할 때
자기 몸통에 매달리면
얼마나 무거울까?

농구 골대는
얼마나 기분 나쁠까?
하지만 농구 골대는
키가 커서 좋겠다.

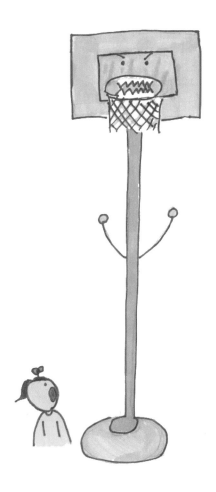

지구의 머리카락

3학년 하지민

나는 놀이터에 있다.
나는 놀이터에 올 때마다
궁금한 게 있다.

바로 나무는 지구의 머리카락일까?
너무 궁금하다.
언젠간 알아내겠지?

근데 더 이상
못 참겠다.
알아내러 가야겠어.

비 오는 날 운동장

4학년 강수빈

비가 온다.
근데 운동장은
비를 맞고 있다.

사람들은
우산을 쓰는데
어찌 운동장은 우산도 없이
비를 맞고 있을까?

운동장도
우산이 있으면
좋을 것 같다.

흙

4학년 강준혁

흙은 불쌍하다.
신발들에게 밟힌다.
개미들에게도 파인다.

흙은 불쌍하다.
쓰레기도 버린다.
흙은 햇빛에게도
뜨겁게 달궈진다.

흙아, 괜찮니?
마음으론
흙을 도와주고 싶다.

농구 골대

4학년 김다원

농구 골대는 참 좋겠다
키가 커서

농구 골대는 참 불쌍하다
농구공을 하루 종일 맞아서

뭐가 좋고 안 좋은지
모르겠는 농구 골대

하지만 우리가 놀 때
농구 골대는 우리를 도와준다.
왜냐하면 우리가 "무궁화 꽃이" 할 때
도와주기 때문이다.

똑같은 정글짐

4학년 김찬민

정글짐을 올라갔다 내려갔다.
3학년 때는
올라가기 힘들었지만
지금은 할 수가 있다.

정글짐은
나이와 모습이 똑같지만
나는 나이와 모습이 달라졌다.

나의 모습이 달라지면
정글짐 오르는 모습도 달라진다.

정글짐

4학년 문승재

영차영차
끝까지 올라가는 친구들

꼭대기에서 바람맞으며
경치 구경하는 친구들

하지만
밑에서 구경하는 친구들

밑에서 구경하던 친구들도
언젠가 올라올 수 있겠지.

너 밟았어

4학년 배단이

우리는 땅따먹기 중이다.

"나 한다?"

"너 밟았어."

"아닌데?"

"개미"

"너 또 밟았어."

"개미?"

"아니, 낙엽"

"너 또 밟았어."

"이번엔 뭔데?"

"금 밟았어. 이제 내 차례야."

나의 친구 시소

4학년 안지원

운동장에 있는
나의 친구 시소는
오른쪽에서 왼쪽으로
3개씩 이어져 있어
나처럼 친구가 많다.

애들하고 시소 탈 때
위로 올라가면
놀이기구를 타는 느낌이다.
내려갈 때는
바람을 잘 느낄 수 있다.

나는 시소를 좋아하는 친구
시소는 나의 친한 친구

불쌍한 모래

4학년 이안나

모래는 비가 오면 많이 젖는다
모래는 햇빛이 내리쬐면 뜨거워진다.

모래는 우리에게 항상 짓밟힌다.
너무너무 불쌍하고 미안하다.

모래에게도 우산이 있으면 어떨까?
모래에게도 양산이 있으면 어떨까?

모래에게도
보호막이 있으면 어떨까?

오징어 게임

6학년 강서준

1학년 때 친구와 하던 게임.
그때 논 게 어제 같은데
시간이 많이 지났다.

놀고 싶어 그곳에
다시 가 본다.
변한 게 없다.

친구에게 물어본다.
오늘 놀 수 있니?
친구는 바쁘단다.

다시 놀던 그 장소로 가 본다.
장소는 변한 것이 없다.
우리들은 변했다.

함께 논 날

6학년 김규민

오늘 친구들과
운동장에서 놀았다.
달리기도 하고
나무도 보고 꽃도 보았다.

친구와 노니깐
꽃을 보는 느낌이다.
꽃을 볼 때는
아름답기 때문이다.

높은 정글짐

6학년 정현서

정글짐은 높다.
한층 한층 올라가다 보면
떨어질까 두렵다.
그럴 때일수록 난 봉을 더 꽉 잡는다.
열심히 올라가다 보면 정상이 조금씩 보인다.

내 삶도 그렇다.
목표는 높다.
노력해서 한층 한층 올라가지만
포기하고 싶을 때가 있다.
난 그럴 때일수록 마음을 더 잡는다.

열심히 발전하고
목표를 달성하니 보인다.
행복해하는 내가.

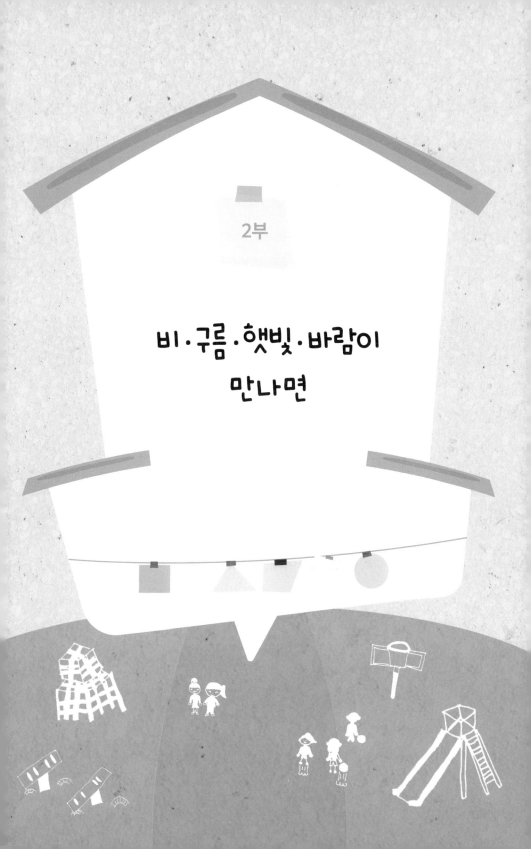

2부

비·구름·햇빛·바람이
만나면

비

1학년 김한겸

나는 비가 좋다.
왜냐면 시원하기 때문이다.

나는 비가 되기는 싫다.
비가 하늘에서
낙하하기 때문이다.

낙하할 때
무섭기 때문이다.

비 오는 날

1학년 정세빈

나는 수석 선생님과
놀이터에 갔다.
그런데 비가 왔다.
그래서 놀이터에서 못 놀았다.

놀이터에서 못 놀아서
비가 미웠다.
비야, 그쳐라!
나는 놀이터에서 놀고 싶어!

먹구름

1학년 정아연

갑자기 먹구름이
끼이더니
비가 온다.

친구들은
비가 시원한 줄 알고
나갔다가 다시 돌아왔다.

비를 맞으면
축축하기 때문이다.
비는 신의 쉬인가?

더워서 폭발할 것 같다

2학년 권혜윤

시소도 타고
미끄럼틀도 하고
너무 더워서
내 마음이 폭발할 것 같았다.

해님이 없어지면 좋겠다.
햇빛아, 겨울에 오면 안 돼?
여름은 너무 더워.
여름엔 오지 마!

해님 방긋방긋

2학년 김지아

우리가 놀고 있으면
해님 방긋방긋
우리를 따뜻하게 만들어 줘요.
해님이 없으면 추워요.
해님은 좋은 친구예요.

올해 여름 너무 더워요.
해님이 미안하다고 해요.
해님아, 괜찮아. 넌 우리의 친구잖아.
겨울에 와 주면 안 될까?
겨울은 너무 추워 얼 것 같거든.

소리 비

4학년 공경환

첨벙첨벙
물웅덩이 밟는 소리

툭툭
비 내리는 소리

질펀 질펀
진흙 밟는 소리

비는 많은 소리가 난다.
비는 소리가 많다.
비는 종류가 많다.
다양한 악기 같다.

눈치 없는 비

4학년 김시완

하필 비는
왜 이때 올까?

재미있게 놀고 싶지만
눈치 없는 비 때문에
놀기가 힘들다.

비야!
제발 눈치 있게
행동해 줘!

감정 구름

4학년 김태림

구름과 친했던
해가 오늘은
싸웠다.

안 싸울 땐
쨍쨍 됐다가
싸우면
비가 온다.

구름이 싸우니 운다.
싸우지 않으면 웃는다.

구름은 매일 바뀐다.
나처럼 바뀐다.
구름도 감정이 있다.

구름

4학년 이준영

구름은 특이하다.
구름이 많을 때는 기분이 좋은가 보다.
구름이 비가 올 때는 우울한가 보다.
구름이 번개가 칠 때는 화났나 보다.
구름이 안 보일 때는 부끄러운가 보다.

구름은 재미있다.
구름은 비가 올 때도 있고
번개가 칠 때도 있다.
구름은 행복할 때도
부끄러울 때도 있다.

누구라도 이 구름보다
특이할 순 없다.

계절은 다르지만

4학년 장효주

봄은 쌀쌀하고 조금 덥지만
아이들은 운동장에서
신이 나게 논다.

여름은 덥고 후끈하지만
아이들은 땀 뻘뻘 흘리며
신이 나게 논다.

가을은 놀기 좋고 선선하다.
아이들은 기분 좋은
바람을 맞는다

겨울은 춥고 쌀쌀하지만
목도리 두르고 논다.
아이들은 춥든 덥든 놀아야 한다.

구름

6학년 박준우

구름은 시간이 지날수록
변화할 수 있다.
내가 좋아하는 소보루빵
또는 하트 모양으로 변하는 구름.

하지만 구름은
멋지게 나왔다가 사라진다.
나도 축구하다 멋지게 골을 넣고
사라진 적이 있다.

나도 구름처럼
언젠가 사라질 거다.
구름은 나와 닮은 점이 많다.

3부

식물은
변신쟁이

혼자 있는 식물

2학년 박시후

놀이터에
작은 식물이 있었다.
혼자 있는 식물이 슬프다.

해가 없어
쑥쑥 크지 않으니 슬프다.

다른 식물은 크고 있는데
작은 식물은 크지 않는다.
작은 식물이 크지 않아 슬프다.

식물아,
쑥쑥 크지 않아도 돼.
괜찮아.

솔방울

2학년 이민준

솔방울을 찾았다.
3개를 찾았다.

솔방울이 고슴도치 같다.
그래서 솔방울 3개가
조금 떨어져 있다.

솔방울이 길다.
3개의 솔방울은 친구 같다.
서로 나란히
사이좋게 줄 서 있어서.

식물

2학년 정서담

놀이터를
지나가다가
아주 작은 식물을 봤다.
개미도 봤다.

어디로 가는 걸까?
개미를 따라가다가
그늘로 왔다.
식물이 있었다.

그늘은 햇빛도 안 드는데
왜 요기에 있을까?

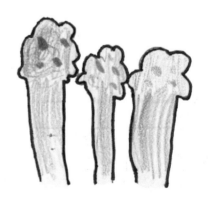

50

학교 식물

3학년 김민정

학교 가서 맨날 보는 웃는 식물
때로는 신기하고, 때로는 평화롭고
흩날리는 꽃잎과 바람으로 움직이는
나무들,

식물을 좋아하시는 할머니께서
말해 주셨다.
"식물은 우리 삶의 일부이지만,
식물은 우리가 전부다."라고.

나도 그렇게 생각한다.
식물은 소중하다.
사랑해, 식물들아♡

색깔 나무

3학년 김지아

색깔 나무는 머리카락 색깔이 변한다.
봄에는 분홍색
여름에는 초록색
가을에는 빨간색

겨울에는…
머리카락이 없어
대머리다.
불쌍하다.

하지만 봄이 다음 계절이라
겨울만 버티면
나무가 행복할 것 같다.
머리카락이 변하는 색깔 나무.

나무

3학년 백지후

나보다 크고
선생님보다 크고
농구 골대보다 큰
나무는 몇 살일까?

나무 생일은 언제일까?
그게 참 궁금하다.
우리 학교 나무는 크니까,
한... 100살쯤 먹었을 것 같다.

착각

3학년 최은설

요즘 너무 덥다.
날씨 예보는 항상 25도 이상.
너무 더워 열사병 걸릴 정도.

학교 화단에 갔다.
이상하게도 수박이 없는 거였다.
"어, 수박이 없다."
주사님 하시는 말씀.
"수박은 여름에 나는 거예요."

아하! 지구 온난화 땜에
지구 온도가 높아졌다는 사실!
지금은 가을이었다.

꽃

4학년 정수민

꽃은 우리를 닮았다.
꽃은 종류도 다양하다.

종류가 많으면 예쁜 것도 있고
예쁜 것이 있으면 못생긴 것도 있고
좀 큰 꽃이 있으면 작은 꽃도 있다.

다른 꽃들이 모여
예쁜 꽃다발이 되듯이
같이 모여 있으면 예쁘다.
사람도 그렇다.

계절별 꽃 유형

4학년 최이나

봄에는 핑크핑크한 벚꽃이.
여름에는 샛노란 해바라기꽃이
가을에는 새하얀 코스모스 꽃이
겨울에는 빠알간 동백꽃이 피어난다.

계절에 개성이 있듯이
나도 개성이 있다.
하지만 난 감성이 없다.
난 꽃을 보며 감성을 느끼지 않았다.

그런데 난 지금 계절의 꽃을
마음으로 느끼고 있다.
어! 이건 감성인데.

하수구 아래

5학년 권예빈

예쁜 꽃이 가득한 화단
그 앞에 하수구 아래
초라한 꽃

쓸쓸한 꽃
혼자 펴서 얼마나 심심할까.

꺼내 주지도 못하는데
혼자 얼마나 외로울까.

하수구 아래 꽃아!
지금 발견해서
미. 안. 해…

장미꽃 한 송이

5학년 김나경

하늘은 흐릿흐릿
나는 학교 정원을 걸었다.
꽃들이 시들시들해져서
너무 속상했다.

그중 장미 한 송이가
예쁘게 피어 있었다.
마치 날 반겨주는 것처럼.
나는 너무 고마웠다.

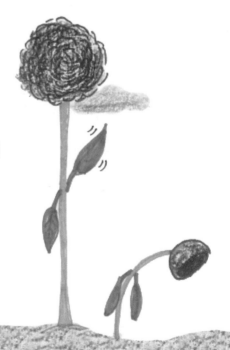

나는 그 꽃에게 강철 장미라고
이름을 지어 주었다.
어떤 상황에도 강력하게 방어해서
예쁘게 자라 주어서.

잡초

5학년 박준현

우리 학교에는 잡초가 많다.
잡초가 많아서 잡초들은
하루에 한 번씩 밟히거나 뽑힌다.

나는 잡초가 불쌍하다.
나는 잡초를 지켜주고 싶다.
하지만 난 잡초를 못 지켜준다.

사람들은 한 가지 모르는 사실이 있다.
세상에 뭔가가 많은 것은
중요해서가 아닐까?
잡초는 중요한 존재이다.

나무의 선물

5학년 신나현

우리한테 선물 주는 나무
우리가 더울 때
시원한 그늘을 만들어 주는 나무
사계절마다 특별하고 다른 선물을 준다.

봄에는 예쁜 벚꽃잎을 선물하고
여름은 시원한 그늘
가을은 감성적인 단풍잎

겨울은 나무가 선물하지 않고
우리가 나무에게 선물한다.
나무야, 이제는 조금 쉬어도 돼.

항상
고마워

새싹

5학년 이소윤

예쁜 꽃들 사이,
멋진 나무들 사이로
새싹이 보인다.

꽃처럼 예쁘지도 않고
나무처럼 멋지지도 않은
나와 같은 새싹

새싹은 꽃이 될 수도 있고
나무가 될 수도 있다.
나도 꽃보다 나무보다
더 아름다워질 거다.

민들레

우리 학교 꽃밭에
민들레가 나무 아래 그늘에서
몸을 식히고 있다.
하지만 민들레 한 송이는
기대고 피어날 수 있는 가족과
친구가 옆에 없다.

다른 민들레들은
가족 옆에 몸을 기대고 예쁘게 피어나는데
가족도 친구도 없는 민들레는
얼마나 외로울까?

하지만 외로운 민들레 옆에는
다른 꽃들이 민들레를 기대어 주고 있다.
민들레가 다시 기댈 수 있어서
꽃밭이 더 예쁜 것 같다.

잔디

6학년 김아정

학교에 많이 나 있는 잔디.
잔디는 불쌍하다.
이름도 모두 각각 있지만

불리는 이름은 잔디, 초록색 풀 등
자신의 이름은 듣지 못하고 시들게 뻗다.

하지만 우리는 잔디에게 도움을 주지 못하지만
잔디는 우리에게 도움을 주고 떠난다.

모래만 있는 운동장에 생기를 넣어주고
우리가 넘어지는 순간 다치지 않게 보호해 준다.

비록 불리는 이름은 각기 달라도
하나로 똘똘 뭉쳐 한 생명으로
대단한 일을 한다.

작은 나무

6학년 이준서

주차장 앞에 작은 나무가 있다.
가지가 작고 얇은 나무,
하지만 그 나무도 커질 것이다.
마치 나처럼.

나무도 크면 가지가 크고
굵어질 것이다.
나도 크면 더 잘생겨지고
힘도 더 세질 것이다.

그래서 난 항상 희망을 갖는다.

나도 가끔 나무처럼

6학년 조현준

나무는 살아 있는데
심심하지 않을까?

가끔 바람이 불면 흔들흔들.
비가 오면 흔들흔들.
심심하지는 않을까?

하늘로 닿기 위해
가지를 뻗으며
가만있는 나무.

나도 가끔 나무처럼
가만있고 싶다.

4부

신기한
곤충의 세계

불쌍한 벌

운동장에
벌이 죽어있다.
속상하다.
벌아! 죽지 마!
내 사랑을 받아서 살아나!

그런데 살아있는 벌이
나에게 왔다.
놀랐고 무서웠다.
업어치기 하고 싶은
마음이 생겼다.

매미

2학년 김민승

매미 소리가 난다.
시끄럽게 난다.
갑자기
소리가 나지 않는다.

세상이 조용해진다.
왜 소리를 내지 않을까?
힘들어서 내지 않는 것 같다.

또 매미 소리가 난다.
이제 쉬어서
괜찮아졌나 보다.

사마귀의 꿈

2학년 유의찬

사마귀는 우리한테 좋은 애다.
사마귀는 물려도 안 아프다.
사마귀는 모든 곤충을 잡아먹는다.
사마귀는 가끔 풀밭에서 나온다.

그때 나는 사마귀를 잡는다.
잡으면 키운다.
나는 행복하다.

사마귀는 나에게
"아우~ 이놈은 왜 자꾸 나를 잡지?"
라고 말할 것 같다.

개미야, 미안해

3학년 박경윤

개미는 불쌍하다.
아무 죄도 없는데
사람들에게 고문받는다.

나는 개미집이 얼마나 깊고 넓을까?
파 보았는데 생각해 보니
나도 개미를 아프게 했다.

개미는 우리를
거대한 고문 머신이라
생각할 것이다.
개미야, 미안해!

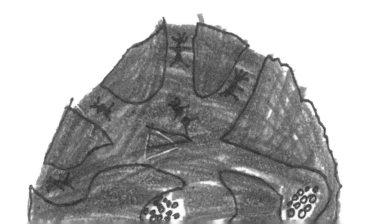

신기한 나무와 개미

3학년 신다운

학교 운동장 앞에
기울어진 나무가 있었다.

자세히 자세히 보니
개미 가족들이
나무에서 등산한다.

개미에겐 좋은 걸까?
나는 잘 모르겠다.

내가 개미였으면 나무 등산은
아마 엄청 힘들어했을 거야.

개미집은 어떻게 생겼을까?

3학년 정지호

개미가 있다.
개미를 따라갔다.
개미가 집으로 들어갔다.

개미집은 어떻게 생겼을까?
하트모양, 동그라미 모양,
무슨 모양일까?

내가 탐정이 되어
개미집이 무슨 모양일지
알고 싶다.

모기

3학년 조민준

오늘 모기를 봤다.
모기는 해충이지만,
멸종하면 안 된다.
모기도 꽃가루를
옮기기 때문이다.

그런데 친구들은
모기를 죽인다.
물론 나도 죽인다.

모기들은 왜 태어나서
죽임을 당하는 걸까?
모기가 참 불쌍하다.

매미

4학년 곽다겸

"왱애애앵" 매미가 운다.
매미는 지치지도 않나 보다.
폭염에도 계속 운다.
쉬지 않고 운다.

여름에 우릴
시끄럽게 괴롭힌다.
이 친구 매미가 없으면
진정한 여름이 아니다.

매미는
우리들의 추억인 것 같다.

불쌍한 매미

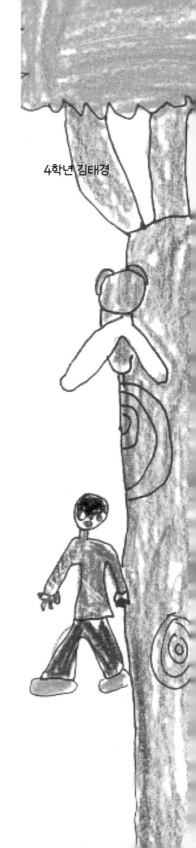

4학년 김태경

매미는 불쌍하다.
매미는 여름이 지나면 바로 죽는다.
그렇게 죽는 매미는 머리가 뜯겨
개미굴에 끌려가는 걸 봤다.

매미는 나중에
개미들의 영양분이 될 것 같다.
땅속에 몇 년을 살다가
얼마 안 돼 죽는데 불쌍하다.

매미가 좀 더 오래
살 수 있었으면 좋겠다.

잠자리

4학년 정민서

잠자리를 보았다.
나는 잠자리를 좋아하진 않는다
잠자리는 무섭다.
하지만 잠자리는 우리를 더 무서워한다.

가을에 잠자리를
볼 수 있는데
지금 보아서
가을이 된 것 같아 반가웠다.

잠자리는 윙윙 난다.
나도 잠자리처럼
윙윙 날아보고 싶다.

똥파리

5학년 고준모

수석 선생님의 수업 중
갑자기 등장한 하나의 똥파리
우리는 왜 똥파리를 똥이라고 할까?

똥파리가 뭘 잘못했다고…
그냥 파리도 아닌 '똥'파리
내가 이름을 지어줘야겠다.
말벌도 크면 '장수'가 붙으니
'장수파리'

하지만 아무리 말해도
이름은 바뀌지 않는다.
내가 어른이 되면 과학자가 되어
이름을 바꿔줘야겠다.

뒤집힌 매미

5학년 방우혁

친구와 걷고 있을 때
뒤집혀 있는 매미를 보았다.
짜르르 짜르르 살려 주라 소리친다.

도와주고 싶었지만
매미가 내 등을 타오를 것 같아서
못 도와주었다.

이틀 후에 와 보니 죽어있었다.
내가 도와주었어야 했는데.
미안해, 매미야.

파리

5학년 석효찬

파리는 참 유명하지.
에펠탑도 있고
바게트도 유명하지
그리고 나라의 수도도 있지.

하지만...
대한민국에도
파리는 있다.
유명하진 않지만
날 수 있는 파리

장수말벌

6학년 박준우

장수말벌이 날아다닌다.
윙윙 비행기처럼
웅웅 헬기처럼
빠르게 날아간다.

홀린 듯이 대충 보면
호랑이처럼 무섭고,
자세히 보면
바퀴벌레처럼 징그럽다.

쏘이면 얼마나 아플까?

5부

소중한 나
꿈꾸는 우리

힘들지 않아요?

1학년 이은서

개미는 열심히
무언가를 하고 있다.
책에서는 애벌레를 위해서랬다.

나를 위해
열심히 무언가를 하는
엄마 아빠 같다.

엄마 아빠 힘들지 않아요?
맛있는 것 사주고
선물도 주셔서
고마워요.

옆돌기

2학년 김주원

오늘 우석이와 옆돌기를 했다.
오랜만에 하니깐
좀 발이 떨어진 것 같지만
그래도 괜찮았다.

옆돌기를 하면
분명 매트에서 했는데
매트 밖에서 끝난다.
계속 연습하다 보니
다시 잘 되게 되었다.

어른이 돼서 옆돌기로
학교 운동장을 1바퀴 돌고 싶다.

궁금한 교실

2학년 김태민

교실은 왜 교실일까?
수업을 해서 교실일까?
그것 말고 이유가
하나 더 없을까?

아하!!
궁금한 걸 배우고
알고 쓰고 해서
교실이구나!!

교실인 이유를
하나 더 찾았다.

겁쟁이

2학년 박경빈

나는 사실 겁쟁이다.
나는 나비만 봐도
깜짝 놀란다.
검은색 점만 봐도 놀란다.

벌레가 가까이 있으면
물에서 나온 물고기가
다시 들어가려고 하듯
펄쩍펄쩍 날뛴다.

어제 의찬이의
사마귀를 보고도
도망갔다.
나는 겁쟁이다.

달리기

2학년 정승민

달리기 2바퀴 뛰었다.
1등 했다.
1등 하니까 재미있다.
한 명은 2등, 3등 했다.

달리기하면서
규칙도 지켰다.

규칙은
두 바퀴 도는 것.
땅 할 때 뛰는 것이다.

도서관

3학년 장성호

도서관은 나의 놀이터
놀이터를 싫어하진 않지만
더운 놀이터보다
시원한 도서관이 더 좋다.

책을 보다 10분… 20분… 30분…
책도 1권, 2권, 3권, 5권
책은 좋은 중독이다.
친구들은 게임 중독이지만
나는 활자 중독이다.

자기 전, 침대, 식탁에,
공부할 때 책상에도 책을 들고 간다.
나는 책 볼 때 도파민이 나온다.

학교

3학년 이호준

학교에서 공부하면 힘들다.
힘들어서 죽는 줄 알았다.

발표를 하면 땀이 난다.
땀이 나면 힘들다.
땀이 나면 손이 떨리곤 했다.

나는 땀이 나도
발표는 하고 싶다.

우리 반 친구들

4학년 김혜린

우리 반 친구들과 시를 썼다.
친구들은 시를 빨리 쓰고
우사인 볼트 마냥
운동장으로 달려갔다.
나만 남았다.
길 잃은 개미처럼 외롭다.

나도 시를 빨리 쓰고
운동장으로 달려갔다.
친구들과 즐겁게 놀았다.
산책 나온 강아지처럼 즐겁다.

우산

4학년 박상현

우산은 왜 비를 맞을까?
맨날 다 젖어
사람을 감싸주네.

우산에 우산을
감싸 주면 좋겠다.
우산은 여름엔 시원하겠지만
겨울엔 너무 춥겠다.

우리도 우산에게
시간을 주면 좋겠다.
회복할 시간

행복 바이러스

5학년 문희정

학교 갈 준비를 한다.
집에 있고 싶지만 가야 한다.
결국 학교에 도착했다.

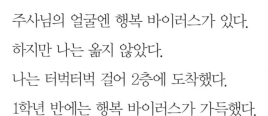

주사님의 얼굴엔 행복 바이러스가 있다.
하지만 나는 옮지 않았다.
나는 터벅터벅 걸어 2층에 도착했다.
1학년 반에는 행복 바이러스가 가득했다.

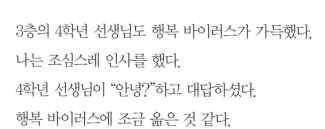

3층의 4학년 선생님도 행복 바이러스가 가득했다.
나는 조심스레 인사를 했다.
4학년 선생님이 "안녕?"하고 대답하셨다.
행복 바이러스에 조금 옮은 것 같다.

다시 깡충깡충 4층에 올라갔다.
5학년 문을 여니 친구들이 달려와 간지럽혔다.
나는 행복 바이러스에 걸리고 말았다.

감기와 약

"콜록, 콜록"
내 친한 친구가 감기에 털썩, 걸렸다.
콜록, 콜록 친구가 계속 기침한다.

"괜찮아?" 묻다가
친구 감기가 내 발밑에 '툭' 떨어졌다.
"어? 어?"하는 사이 감기에 털썩 넘어졌다.

"콜록, 콜록"
내가 감기에 걸렸다.
'약'이라는 친구가 날 도우러 왔다.
'약'이라는 친구 덕분에 힘들지만 낫고 있다.

나도 '약'처럼 되고 싶다.
힘든 일이 있을 때 살며시 도와주는 '약' 같은
친구가 되고 싶다.

높이뛰기

5학년 임하경

체육 시간에 높이뛰기를 했다.
낮을 때는 친구들이 쉽게 통과했지.
하지만 점점 올라가는 높이뛰기 줄

타들어만 가는 내 마음.
실패해도 나는 달린다.
나 때문에 자꾸
밟히는 높이뛰기 줄

줄아, 미안해!
이번엔 꼭 성공할게.

아싸 나무

5학년 정은후

구석에 혼자 있는 나무
바람에 바스락, 바스락
다른 나무랑 똑같은데 왜 혼자 있지?

나의 예전과 비슷하네
나도 바스락 바스락.
아싸는 똑같구나.
그래도 아싸끼린 아싸! 해야지.

이젠 나는 아싸 아닌 인기 많은 인싸!
찾아간 그 나무도 참새 친구들과
놀고 있는 인싸!

이제 우리 마음은
아싸! 호랑나비

자석 친구

5학년 최재윤

어느 날 자석끼리 싸웠다.
둘 다 마음을 보여 주지 않아서
아무리 붙으려고 해도 붙어 지지 않았다.

그러다 한 자석이 돌아보았다.
그러자 때리고 해도 계속 다시 붙는
끈끈한 친구가 되었다.

어느 날 친구끼리 싸웠다.
둘 다 화해할 마음이 없어
화해 하려 해도 멀어지고
선생님이 억지로 화해시켜도 다시 멀어졌다.

그러다 한 친구가 마음을 보여 주었다.
그러자 다른 친구도 마음을 보이며 사과했다.
둘은 끈끈한 친구가 되었다.

나무 블록

6학년 김시언

나는 나무 블록처럼 살 것이다.
나무 블록을 쌓아가듯
나의 지식을 쌓아가며
살아갈 것이다.

나무 블록이 쓰러져도
다시 처음부터 시작하면 된다.
나는 쓰러져도 포기하지 않고
다시 시작할 거다.

나무 블록처럼

아무 생각이 없다

6학년 김준영

시를 써야 하지만
나는 아무런 생각이 없다.

시를 쓰는데
모래가 건든다.

모래 때문에 귀찮다는
생각이 든다.

생각이 생겼다.

민들레

6학년 김지현

집 가는 길에 민들레가 있다.
민들레를 후~ 부니
민들레 홀씨가 날아갔다.

내 눈앞에 민들레 홀씨가 스쳐 지나갔다.
이상하게 홀씨가 스쳐 지나가는 걸 보고
마음이 세게 흔들렸다.
주마등에 무엇이 스쳐 지나간 것 같았다.

작은 것 하나에
마음이 흔들리는 건 처음이다.
이런 것 하나에
많은 생각을 할 수 있다는 것을 깨달았다.

봉사

6학년 박시윤

개미는 열심히 일을 한다.
나도 열심히 공부를 한다.

근데 개미는 자신에게
이득도 없는데,
여왕개미에게 먹이를 준다.

나도 개미처럼
나에게 이득이 없어도
남을 도와줘야겠다.

눈 깜짝할 새 졸업

6학년 신효주

2019년도 우린 1학년이 되었어.
1학년이 처음이라 많이 어색했지.
그리고 1년 뒤 처음으로 2학년이 되었어.

2학년도 처음이라 어색하지만
1학년 지나 2학년
공부도, 친구 사귀기도 어떻게 하는지 알아.

이제 나 3학년이야.
3학년도 처음이지만 잘 지나갔어.
눈 깜짝할 새에 3년이 지났어.
응. 이제 6학년이야.

6학년도 처음이고
곧 초등학교는 마지막이야.
이제 다시 1학년이야.

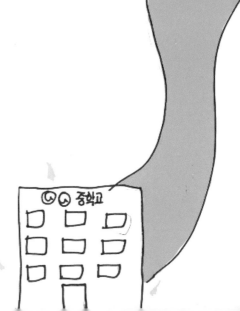

이끼

6학년 이수현

학교를 걷다
조그마한 이끼를 보았다.
이끼는 나에게 이렇게 말하는 것 같았다.
안녕이라고.

너희들은 사막을 살리기 위해
무엇을 들고 갈 거야?
나는 이끼를 들고 갈 거야.
이끼는 어느 곳에서도 잘 사니까.

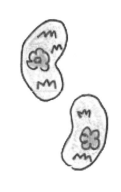

나는 그런 이끼가 되고 싶다.
어느 곳에서도 잘 적응하는.
어떤 상황에서도 잘 견디는.

민들레 씨

6학년 이은서

이제 민들레 씨가 보이기 시작했다.
이건 봄이 온다는 신호다.

쭉 뻗은 씨가 마치 나 같다.
곧 있으면 중학생이 될 나 같이
저 민들레 씨도 곧 민들레로
새로운 인생을 살아갈 것 같다.

하지만 저 민들레는 나와 다른 점도 있었다.
저 민들레는 자기 혼자서 피고 있지만
나는 소중한 친구들과
함께 피고 있기 때문이다.

나는 새롭게 핀 민들레이다.

나는 벌이다

6학년 이지호

나는 벌처럼
잘못 건들면 화를 낸다.
나는 벌처럼 친구들이 많다.

나는 벌처럼 일한다.
아침에 일어나
학교에서 공부꿀을 먹는다.

나는 벌처럼
하늘을 훨훨 날고 싶다.
나는 벌이다.

졸업

6학년 임가윤

어느덧 졸업이다.
봄에 피는 꽃도, 겨울잠에서 깨어난 동물처럼
새로 출발하는 과정 중 하나이다.
자연스럽게 받아들이려 했지만 잘 안된다.

괜찮은 척을 해 보려고 했지만
눈에서 눈물이 나온다.
6년간 지낸 학교와 친구들을
바람에 날리는 민들레 홀씨처럼
보내줘야 한다.

솔직히 난 할 수 있을진 모르겠다.
그렇다고 해서 이러고 있을 수는 없다.
앞으로 헤어짐이 잦을 텐데
난 계속 머무를 순 없다.

이 헤어짐은
나를 성장하는 한 걸음이라 생각하고
마음속으로 민들레 홀씨를
"후~"하고 불어본다.

친구

6학년 정지형

친구는 고통이다.
친구가 잘나가면
배 아픈 것처럼

친구는 행복이다.
친구와 함께 놀면
행복한 것처럼

친구는 바다다.
물과 소금이 함께 있으니
친구는 고통과 행복이 함께 있다.

6부

학교에서
희망 찾기

내 친구 빡빡이 지우개

2학년 박규민

빡빡이 지우개는
눈, 코, 입까지 있는
내 친구이다.

지우개는 불쌍하다.
지우개는 빡빡 문대 가지고
점점 작아진다.

종이에 빡빡 문댈 때
내 친구가 불에 타가지고
죽을 것 같아 걱정이다.

불쌍한 벤치

3학년 김서연

벤치는 맨날 가만히 있다.
추운 겨울에는
바람이 많이 부는데
안 추운가 모르겠다.

여름에도 봄에도
늘 가만히 있다.
봄에는 벚꽃놀이를
가고 싶은지 모르겠다.

움직이지도 못하는
불쌍한 벤치.

여름방학

3학년 박준영

드디어 기다리고 기다리던,
여름방학이다!

놀기도 하고
늦잠도 자고
수영도 하고
여행도 가고
웃기고 하고
숙제도 하고
일기도 쓰고

하고 싶은 것 다 하니까,
어느새
개학이네…?

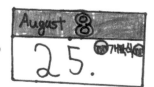

연필 깎기

3학년 신아름

연필은 시간이 지나면 깎아야 한다.
그런데, 갑자기 이런 생각이 들었다.

연필을 깎을 때 연필은 아플까?
아프진 않을 것 같은데...
자기 옷을 벗기니까 부끄러울까?

여름에 연필을 깎으면 연필이 시원해할까?
겨울에 연필을 깎으면 연필이 추워할까?

연필은 깎일 때 어떤 감정을 느낄까?
내가 연필이라면 부끄러울 것 같다.

급식실

3학년 최세인

오늘 급식실은
철판 부딪히는 소리...

떡볶이가 매워서
아이들이 쓰쓰 거리는 소리...
물 따르는 소리...

오늘 급식실은...
난장판이었다.

고양이랑 놀았다

4학년 정다회

학교 뒤에서
검은 아기 고양이를
보았다.

귀여워서
아기 고양이랑
놀았다.

그런데 엄마 고양이 없이
혼자 있었다.
불쌍하다.

좋은 친구 시계

5학년 강민수

즐거운 체육 시간
줄넘기하고 운동하니 빠른 시계
왜 그러니?

국어 시간 발표하고 글 적고 나니
10분 밖에 안 지났다.
왜 날 놀리는 거니?

나에게
밥 먹는 시간, 자는 시간
여러 가지 시간을 알려주는 시계는
정말 친구 같다.

의자 영웅

5학년 김다은

내가 다리가 아플 때
일어서기가 힘들 때
내 옆에 있어 주는 의자

숨이 차거나 쉬면
항상 옆에 있는 의자
수업하려고 앉으면 의자에게 고맙다.

의자야.
너는 나의 의자 영웅이 될 수 있어.
너는 계속 내 옆에 있어 줄 거니까.

도서관 아이들

5학년 김세원

우리 학교에는 도서관이 있다.
분명히 이름은 도서관인데
안은 시장인 듯 시끌벅적

그러면 사서 선생님이 소리를 지르신다.
그러다 다시 무슨 일이 있었냐는 듯
조용해진다.

나는 그때 내가 없는 것처럼
조용히 독서를 한다.

시계

5학년 손예린

나는 1교시마다 시계를 본다.
수업이 언제 끝날까
생각하다 보면
내 눈은 시계를 보고 있다.

이제 4교시가 시작했다.
눈 깜짝할 사이 시간이 지나
점심시간 1분 전이 되면
나는 행복해진다.

점심시간이 가까워지면
시계는 오늘도
교실의 주인공이 된다.

급식판

5학년 정동규

나는 항상
몸이 가벼울 줄 알았는데 아니다.
12시 점심시간만 되면
몸이 무거워진다.

사람들은 계속 나를 무겁게 한다.
몸이 무거워지고 더욱 무거워진다.
그만 좀 담아.
하지만 나의 몸 같은 음식들은 금세 없어진다.

난 음식들을 태우는 버스 같은 존재일까?
아이들이 말했다.
네가 있으니까 우리는 편하게
밥을 먹을 수 있어. 고마워.

복도

5학년 한도윤

나는 아침에 학교에 간다.
교실 가는 중 복도가 있다.
아침 복도는 조용하다.
우리 반 목소리가 복도에 들린다.

쉬는 시간 복도는
시끌벅적하다.
점심시간 복도는 훨씬 시끄럽다.

하교하는 복도는
아침, 쉬는 시간,
점심시간 복도보다
더 시끄럽다.
신나서 그런 것 같다.

시계

5학년 한라은

우리 반에는 시계가 있다.
바늘만 '째깍째깍'
맨날 한 자리에 가만히 있어서
지루하고 심심하지 않을까?

쉬지도 않고 자기 할 일만 하고
맨날 혼자 있어서 쓸쓸하고 외롭지 않을까?
우리가 한 곳에만 있으면
답답한 것처럼 시계도 답답할 것 같다.

바람이 많이 자주 부는 곳에
시계를 두고 싶다.
시계가 주말에는
답답함을 없애주는 시원한 바람과
친구가 되길 바란다.

시멘트

6학년 박무성

시멘트는 딱딱하다.
바퀴에 온몸이 눌리고
안 좋은 매연이 스며든다.

비가 올 때 못 움직여
숨도 제대로 쉬지도 못한다.
나였으면 생각도 하기 싫다.

시멘트야.
항상 내 바닥이 되어줘서
미안하고 고마워.

수석쌤

6학년 박지우

수석쌤은
모든 친구들을
집중하게 하는 선생님이라
밖에서도 놀면서
수업을 잘하신다.

수석쌤은
우리들을 모두
집중하게 하시는
멋진 선생님이시다.

124

학교에서 제일 좋은 것

6학년 배준영

나는 학교에서
시계가 제일 좋다.
학교 올 때 난 폰을 끈다.
예전부터 그렇게 했다.

학교에 오면
시계가 몇 시인지
알려준다.
시계가 나를 반겨준다.
난 시계가 제일 좋다.

도서관

6학년 안준범

우리 학교엔
두 개의 도서관이 있다.
인기 있는 꿈마루 도서관과
농구코트 쪽 인기 없는 버찌 도서관.

학교 친구들이
꿈마루 도서관만 좋아하는데,
친구가 없는 버찌 도서관은
불쌍한 것 같다.

외로운 도서관.
나라도 버찌 도서관의
좋은 친구가 되어 주어야겠다.

학교

6학년 황소민

우리 학교 건물의 색은 다양하다.
그래서 눈에 띄게 보이기도 한다.
많은 것을 가르쳐주는 곳이기도 하고
희망을 심어주기도 한다.

나는 우리 학교 같은
존재가 되고 싶다.
나에게는 다양한 색이 보이고
눈에 띄는 그런 존재

사람들에게 많은 것을 가르쳐 주고
희망을 심어주고도 싶다.

나도 학교 같은 존재가 되고 싶다.

부록

초등 시 수업 이렇게 해요

"수석 선생님. 집에서 시 쓰고 있어요. 지금 7편 썼어요."

1학년 은서가 시 수업을 마치고 한 달쯤 되었을 때 저를 쫓아와 한 말입니다.

"또 언제 시 수업해요? 또 하고 싶어요."

시 수업을 하고 나면 아이들이 이런 말을 합니다.

"아이들 시가 재미있고, 마음에 와 닿아요. 1학년은 어떻게
지도하신 거예요?"

교육과정 발표회 때 전시된 아이들의
시를 본 선생님께서 저에게 묻습니다.

어떻게 해야 아이들이 시를 즐겁게 쓰면서 누군가에게
재미와 감동을 주게 할까요?

시의 목적을 생각하며 아이의 눈높이에서 시를 지도하는 것이 그 출발점이 됩니다. 시는 준비하는 과정에서 아이들이 많이 성장합니다. 아이가 시를 쓰면서 놀고, 관찰하고, 성찰하는 과정에서 동심을 회복하고, 친구와 함께 잘 살아가는 힘이 길러집니다. 그 결과물로 아이들도 뿌듯한 시가 나옵니다.

저는 <학교야 놀자> 프로젝트로 시 수업을 합니다. <학교야 놀자> 프로젝트는 아이들이 학교에서 시간, 공간을 확보하고, 혼자, 또는 친구와 함께 논 경험을 시로 쓰는 활동입니다. 학교에서 논 것, 공부한 것, 학교를 오가며 만난 사물, 교실이나 운동장에 있는 사물, 급식 등 무엇이든 괜찮습니다. 심지어 구름, 바람도 학교에서 만났다면 다 포함됩니다.

시 수업은 코로나 시절에도 했습니다. 코로나가 온 첫해 한동안 학교에 오지 못하다가, 한참 뒤 학교에 아이들이 왔습니다. 마스크를 낀 채 거리두기를 해야 했고, 짝과 이야기도 하지 못하게 했습니다.

당시 운동장에서 노는 것은 상상도 할 수 없는 분위기였습니다. 거리두기 하면 운동장 노는 것은 아무런 문제가 없다고 생각해서, 수업 시간에 아이들을 운동장에 데리고 갔습니다.

"친구들과 거리두기 하면서 너희들 보고 싶은 것 보고, 만지고 싶은 것 만져도 돼. 놀고 싶은 것 있으면 놀아. 그래야 시를 쓰기가 좋아."

아이들이 처음에는 우물쭈물 하며 놀지 않다가 어느 순간 같이 놉니다. 개미를 잡는 친구, 운동장을 뛰는 친구, 놀이터에서 노는 친구들이 보입니다. 마스크를 끼고 표정 없던 아이들 눈빛이 살아납니다. 코로나 시절 암울했지만, 아이들이 놀고 쓴 시는 따뜻했습니다. 저 역시 아이들과 시를 쓰며 코로나 시절을 잠시나마 잊을 수 있어 행복했습니다.

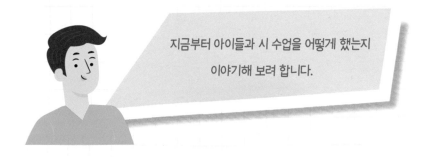

지금부터 아이들과 시 수업을 어떻게 했는지 이야기해 보려 합니다.

시 수업은 보통 두 시간 블록으로 운영하였습니다.

처음 1~2차시는 아이들에게 시 쓰는 방법을 설명하고 운동장에 시를 쓸 소재를 체험하러 나갑니다. 시를 쓸 때 내가 경험한 것을 솔직하고, 사진처럼 보이게 쓰라고 합니다. "아" 감탄이 저절로 나오는 문장을 고민해 써보라고 합니다. 그러면서 이 기준에 맞는 친구들 작품을 보여줍니다.

시 쓰는 방법

1. 경험한 것을 씁니다.

2. 솔직하게 씁니다.

3. 사진처럼 보이게 합니다.

그러면 와! 감탄하는 보석 같은 시가 나옵니다.

다음은 1~2차시 수업 장면에서 있었던 이야기입니다.

"놀면서 시 써볼까요?"

시 수업을 할 때 제가 처음으로 하는 말입니다. 아이들이 놀자는 말에 벌써 신이 났습니다.

"선생님도 노는 것이 좋아요. 학교에서 신나게 놀고, 놀았던 것을 기억해 시로 써보는 것은 어때요?

아이들이 좋다고 말합니다. 빨리 운동장에 나가서 놀고 싶기 때문입니다.

아이들에게 운동장에서 어떻게 놀지 이야기를 나누었습니다. 친구와 달리기도 하고, 공놀이도 한다고 합니다. "무궁화 꽃이 피었습니다"를 하고 모래 놀이를 한다는 아이도 있습니다. 놀이터에서 시소를 타고, 정글짐에서 놀겠다는 아이, 친구와 술래잡기한다는 아이, 식물과 곤충을 관찰하겠다는 아이도 있습니다.

이렇게 자유롭게 놀고 난 후 시를 쓴다고 했습니다.

"선생님. 시는 어떻게 쓰는 거예요?"

내가 들려주고 싶은 이야기를 아이가 질문합니다.

"좋은 질문이에요. 오늘 여러분이 친구들과 신나게 놀죠? 시를 잘 쓰려면 첫째, 경험해야 합니다."

요리할 때는 재료가 필요하듯이 시를 쓰기 위해 놀이하는 경험이 필요하다고 말했습니다.

"둘째, 솔직하게 써야 합니다. 그런데 솔직하다는 것은 뭘까요?"

"내 마음을 정직하게 말하는 것이요."

"솔직하게 말한다고, 내 마음에 누군가를 미워하는 마음으로 친구를 욕하는 글을 써도 괜찮나요?"

"다른 사람을 욕하거나 불편함을 주는 것은 아니라고 생각합니다."

"맞아요. 다 쓴 시를 볼 때 나와 다른 사람도 마음이 따뜻해지면 좋아요."

시는 자기 마음을 있는 그대로 쓰되, 누군가 상처받는 말은 들어가지 않게 하라고 했습니다. 선생님은 아이들에게 비난하는 것과 솔직한 것을 구분할 수 있게 해야 합니다.

"세 번째는 시가 사진처럼 보이면 좋습니다. 시를 읽으면 아이가 처한 상황도 보이고, 지은이의 마음도 느껴져야 합니다."

시를 읽으면 그 장면이 눈에 그려지면 좋다고 했습니다.

"좋은 경치를 보거나, 추억이 담긴 사진을 볼 때 와~ 이때 좋았지 라고 말하죠? 시를 볼 때 아!, 와! 이런 말이 나오는 문장을 고민해 봐요."

편지는 자세히 써야 하지만, 시는 뺄 수 있는 수식어는 빼고, 꼭 필요한 말만 남기

라고 했습니다. 경험한 것을 솔직하게 쓰고, 사진처럼 보이게 고민하면 "우와~" 라는 감탄사가 나오는 보석 같은 시가 만들어진다고 말했습니다.

"시를 쓰고 놀아도 돼요?"

"시가 떠오르면 쓰고, 떠오르지 않으면 놀다가 쓰면 됩니다."

아이들에게 잘 된 시를 소개하고, 교실에서 나와 운동장에 있는 꽃도 보고, 곤충도 보고, 놀이터와 운동장에서 놀라고 했습니다. 아이들은 친구와 운동장에서 놉니다. 놀이터에서 놀기도 하고, 나무 사이 곤충을 관찰하며 놉니다. 자유롭게 놀다가 자기가 생각한 시를 순식간에 씁니다.

아이들에게 시의 제목은 가능하면 내가 경험한 것으로 정하라고 했습니다.

처음 시를 써보는 1~2학년은 시를 쓰는데 떠오르지 않는다고 고민입니다. 그러면 5분 더 놀고 오라고 합니다. 그러고도 쓰지 못하는 아이와 놀았던 경험으로 대화했습니다. 이때 선생님과 대화한 것을 그대로 적으면 멋진 시가 만들어집니다.

2학년 민준이가 시간이 다 되어 가는데, 시 쓰기를 하지 못합니다.

"민준아. 뭐 하고 놀았어?"

"놀이터에서 시소 타고 친구들이랑 놀았어요."

"시소 탄 부분으로 시를 써볼까?"

민준이가 그렇게 하자고 선뜻 말하지 않습니다. 시소로 시를 쓰고 싶지 않다는 이야기입니다.

"오늘 놀면서 관찰한 것은 있니?"

"솔방울 봤어요. 솔방울 3개 가지고 놀았어요."

"솔방울 보고 어떤 생각을 했니?"

"솔방울이 고슴도치 같아요."

3개의 솔방울을 보고 공통점, 차이점을 생각하라고 했습니다.

"솔방울이 길어요. 서로 조금 떨어져 있어요."

"또?"

"친구 같아요."

왜 그런 생각이 들었는지 물으니 서로 나란히 있어서 그렇다고 합니다. 방금 말한 것을 시로 적어보라고 했습니다. 민준이가 제목은 솔방울로 하겠다고 합니다.

솔방울

2학년 이민준

솔방울을 찾아서 3개를 찾았다.

솔방울이 고슴도치 가시 갔다.

솔방울이 길다.

3개의 솔방울은 친구 같아

솔방울이 조금 떨어져 있었다.

서로 나라니 줄서있어서

6학년 준영이가 시를 계속 쓰지 못하고 있습니다. 운동장 스탠드에 앉아 있는 준영이 옆에 앉았습니다.

"준영아. 네가 학교에서 제일 좋아하는 것은 뭐니?"

"시계요."

한참 동안 말하지 않다가 준영이가 한마디 합니다.

"왜 시계가 좋아?

"저는 학교 올 때 핸드폰을 끄는 게 습관인데요. 학교 오면 시계가 몇 시인지 알려주거든요."

"시계 보면 어떤 생각이 들어?"

"반겨준다는 생각이 들어요."

지금 우리가 한 말을 시로 써보면 어떠냐는 말에 준영이가 "예"라고 말합니다. 다음은 준영이가 말한 것을 중심으로 행과 연을 바꾸어 함께 완성한 시입니다.

학교에서 제일 좋은 것

6학년 배준영

나는 학교에서

시계가 제일 좋다.

학교 올 때 난 폰을 끈다.

예전부터 그렇게 했다.

학교에 오면

시계가 몇 시인지

알려준다.

시계가 나를 반겨준다.

난 시계가 제일 좋다.

시화 기초 작업 및 시화 나누기

3~4차시 시 수업은 시화를 만들기 위한 기초 작업을 합니다. 지난주 배운 방법으로 새로운 시를 하나 더 쓰게 합니다. 지난번 시와 이번에 쓴 시 중 하나를 골라 시화로 꾸밀 시를 정합니다. 아이들이 대표 시를 정하면, 그 시에 맞는 그림을 스케치합니다. 아이들은 잠시지만 선생님은 20명 정도 학생의 시를 일일이 살펴보고 개인지도 해야 해서 굉장히 바쁩니다. 먼저 하고 줄 선 친구부터 순서대로 지도합니다. 다 했지만 줄서기 싫은 친구들은 놀다가 나중에 와도 되기 때문에, 많은 시간을 친구와 놀 수 있습니다.

민준이가 써온 시를 보면서 아이 글이 훼손되지 않는 선에서 행과 연의 순서를 바꾸었습니다. 이렇게 하면 시화를 쓸 기초가 모두 완성됩니다. 아이들은 야외에서 노는 것도 좋아하지만, 자신이 쓴 시를 나누는 시간도 좋아합니다. 짝에게 또는 전체에게 내 시 낭송하기 등을 하면서 아이들은 시에 빠져듭니다.

5~6차시는 시화를 완성합니다. 아이들이 쓴 시를 완성하고 시에 맞는 그림을 그리고 색칠합니다. 시화를 완성한 친구는 칠판에 붙이고 다른 사람의 시를 감상하는 시간을 가집니다. 시화를 꾸밀 때는 제목, 이름, 시 쓰는 위치를 말해주고, 그림은 보통 오른쪽 밑에 그리면 안정감이 있다고 말합니다. 그렇지만 작가가 시의 여백에 어울린다고 생각하는 곳에 편하게 그리면 된다고 하였습니다. 자신 없는 친구는 먼저 연필로 시를 적고 네임펜으로 다시 따라 쓰라고 했고, 바로 네임펜으로 써도 된다고 했습니다.

시화 기초 작업   완성한 시화

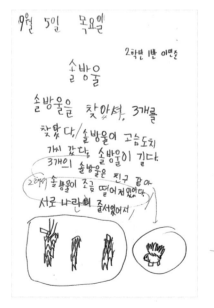

7~8차시는 시화를 전시하고, 재미와 감동을 느끼며 시를 감상하는 활동을 합니다. 시화는 모둠 갤러리 보드판, 전체 칠판, 끈이나 우드락을 활용해 복도나 학교 정원에 전시합니다. 수업 시간 감상할 때는 모둠 갤러리 보드판을 활용하면 재미와 감동을 느끼며 작품을 즐겨 감상하기 좋습니다.

학교 정원 전시

시 감상하기

이렇게 정성스럽게 만든 시화는 전체로 모아 학교 시집으로 출간합니다. 책 출간 기념회를 통해 아이들에게 의미 있는 시간을 만들어 줄 수 있습니다. 출간 기념회는 전교생의 시를 모두 담은 학교 시집으로 합니다. 모두의 작품이 담겨 있는 것이 장점입니다. 이 책을 통해 다시 자기 시와 친구의 시를 감상할 수 있어 좋습니다.

더 나아가 동아리 단위로 우수작품을 선별해 책 형태로 만들어 출판사 투고도 가능합니다. 각 지역 교육청에 출판비를 지원하는 사업에 지원해 정식 책으로 출판할 수도 있습니다.

놀면 저절로 써지는 시

학교야
놀자